PEQUENAS ARMADURAS

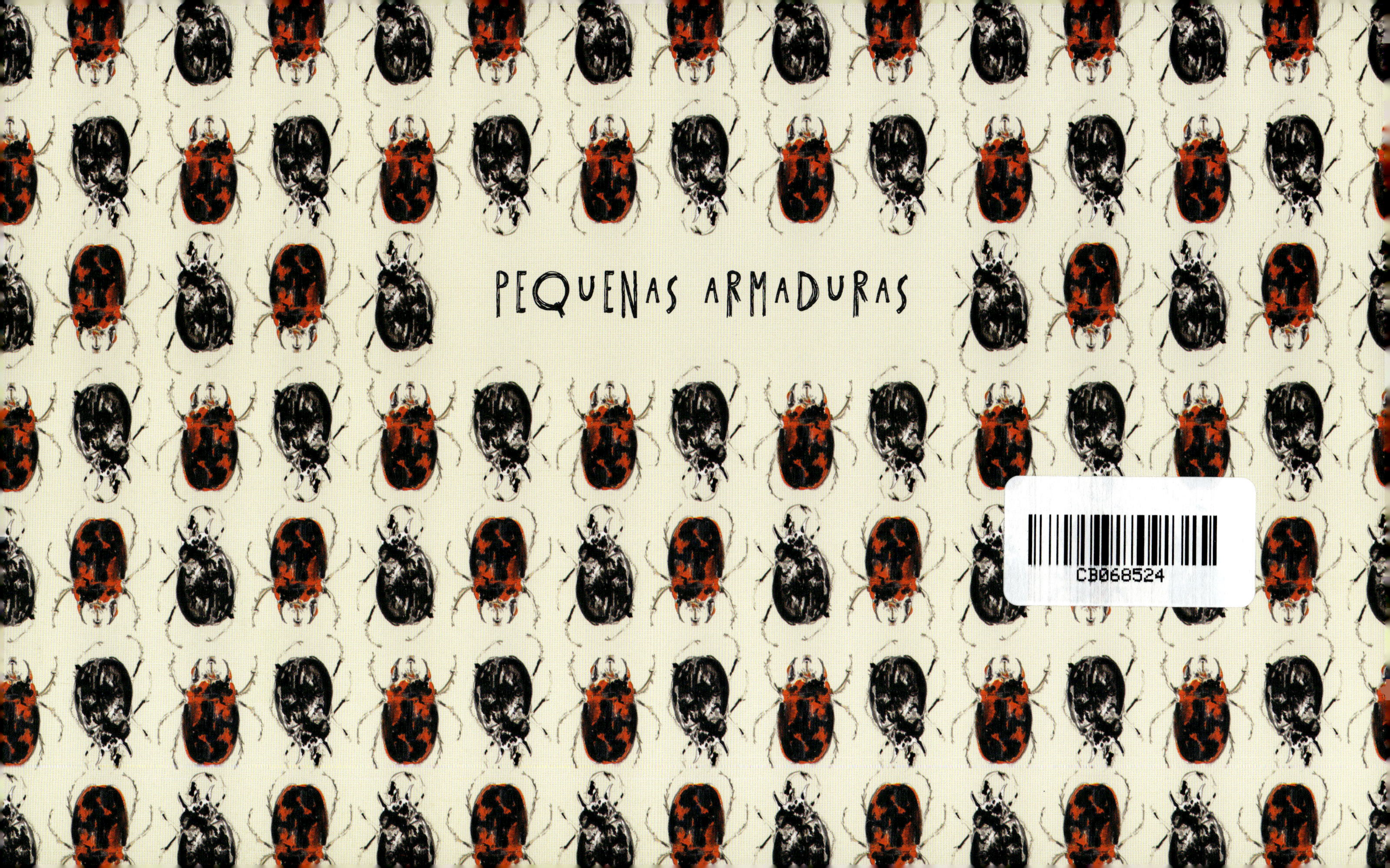

Capa e projeto gráfico :: Raquel Matsushita
Diagramação :: Cecilia Cangello | Entrelinha Design
Assistente editorial :: Tatiana Cukier
Revisão :: Véra Regina Alves Maselli

1ª edição, 2017 • 1ª reimpressão, 2020

Dados Internacionais de Catalogação na Publicação (CIP)
(Câmara Brasileira do Livro, SP, Brasil)

Tokitaka, Janaina
Pequenas armaduras / Janaina Tokitaka; ilustrações da autora. –
São Paulo: ÔZé Editora, 2017.

ISBN 978-85-64571-38-9

1. Insetos - Literatura infantojuvenil 2. Poesia -
Literatura infantojuvenil I. Título.

17-05052 CDD-028.5

Índices para catálogo sistemático:
1. Poesia : Literatura infantil 028.5
2. Poesia : Literatura infantojuvenil 028.5

ÔZé Editora e Livraria Ltda. EPP
Rua Conselheiro Carrão, 420 Bixiga
01328-000 São Paulo SP
Tel: (11) 2373-9006
www.ozeeditora.com
oze.editora@uol.com.br

janaina tokitaka

PEQUENAS ARMADURAS

ÔZé

CIGARRA

a cigarra deixa para trás
tudo que está apertado
versões menores dela mesma
cascas finas registrando
a pequeneza do passado

eu se fosse cigarra
coletaria as velhas peles
e me observaria então
como quem ao ontem se agarra

é melhor do que eu a cigarra

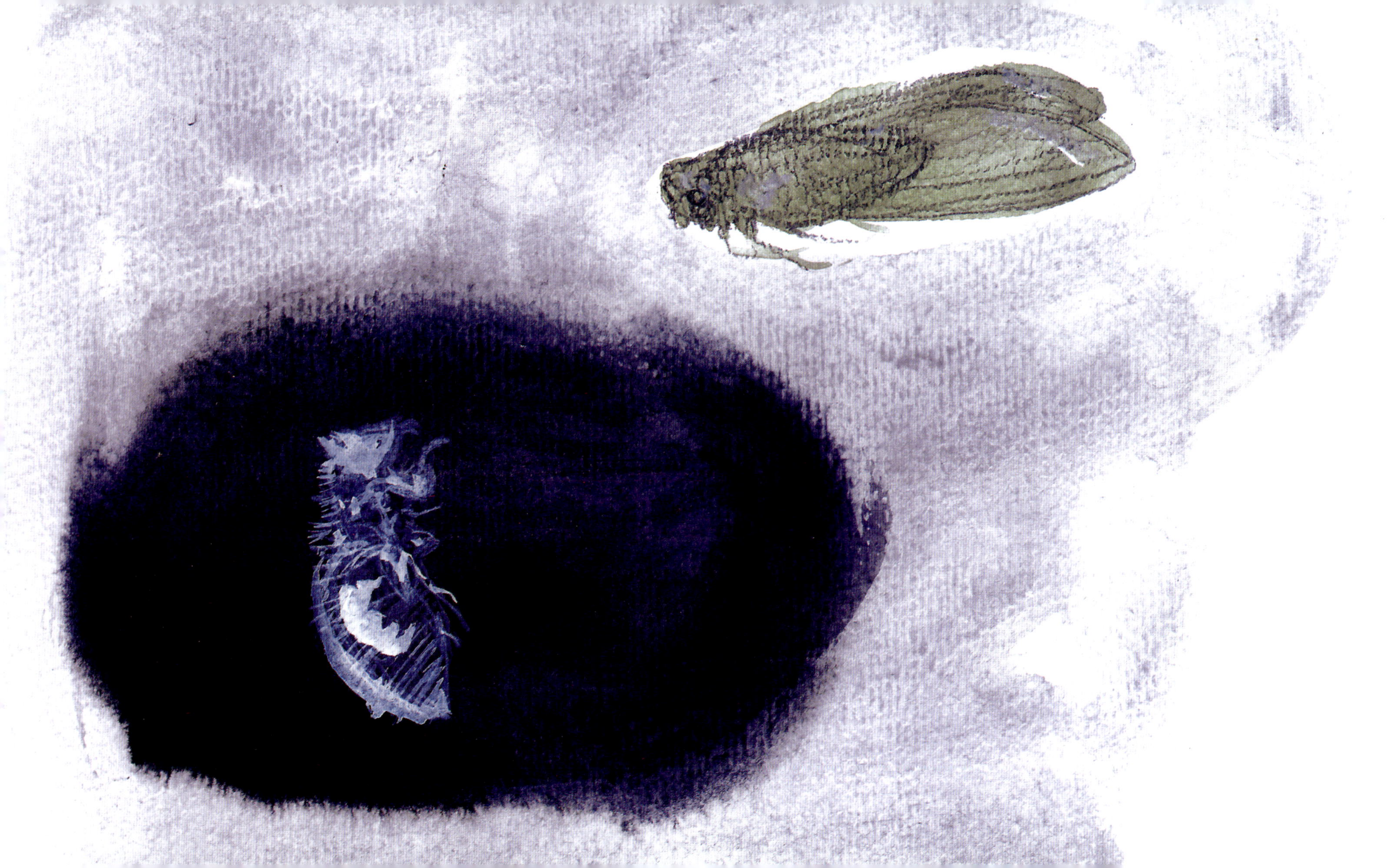

GAFANHOTO

ondas e hordas e nuvens doentes
cem horizontes feitos em nada
caule folha raiz semente
caem vencidos e a terra se rende
ao exército da fome oca
zumbido apocalipse raiva alada
praga implacável advertência
talvez mais ainda talvez coisa pouca
talvez apenas minha consciência

DROSÓFILA

pobre drosófila
presa ao espelho
que pensa ser janela

mal sabe a drosófila
que aquele espelho
não é nem mesmo ela

MARIPOSA

Ícaro é irrelevante
frente à insistência heroica
da mariposa contra a lâmpada

[noturno]

a mariposa pertence
a alguma outra era
quando a noite parecia
ainda a metade da vida

vão em filas, em ciclos
abundantes como o tempo
formigas são funcionais
eficientes formas futuras

minúsculas vidas vestidas
em pequenas armaduras

REPENTE

EU MESMA CRESCI OLHANDO PARA BAIXO
DOIS PÉS BEM NO CHÃO QUASE SEMPRE
COM MUITO MEDO DE OLHAR PARA CIMA
MAIS MEDO AINDA DE OLHAR PARA A FRENTE
TALVEZ POR NÃO TER QUASE TERRA ALGUMA
ACOSTUMEI A OLHAR PARA MEU SOLO
COMO QUEM PLANTA SEMENTE
SÓ UM TANTINHO ESPERANÇOSA
E UM BOM OUTRO TANTO DESCRENTE
MAS SE A ROSEIRA DÁ SUA ROSA
E O REPENTISTA FAZ SEU REPENTE
SIGO PRESTANDO ATENÇÃO EM FORMIGA
E TENTANDO GOSTAR UM POUCO DE GENTE

CENTOPEIA

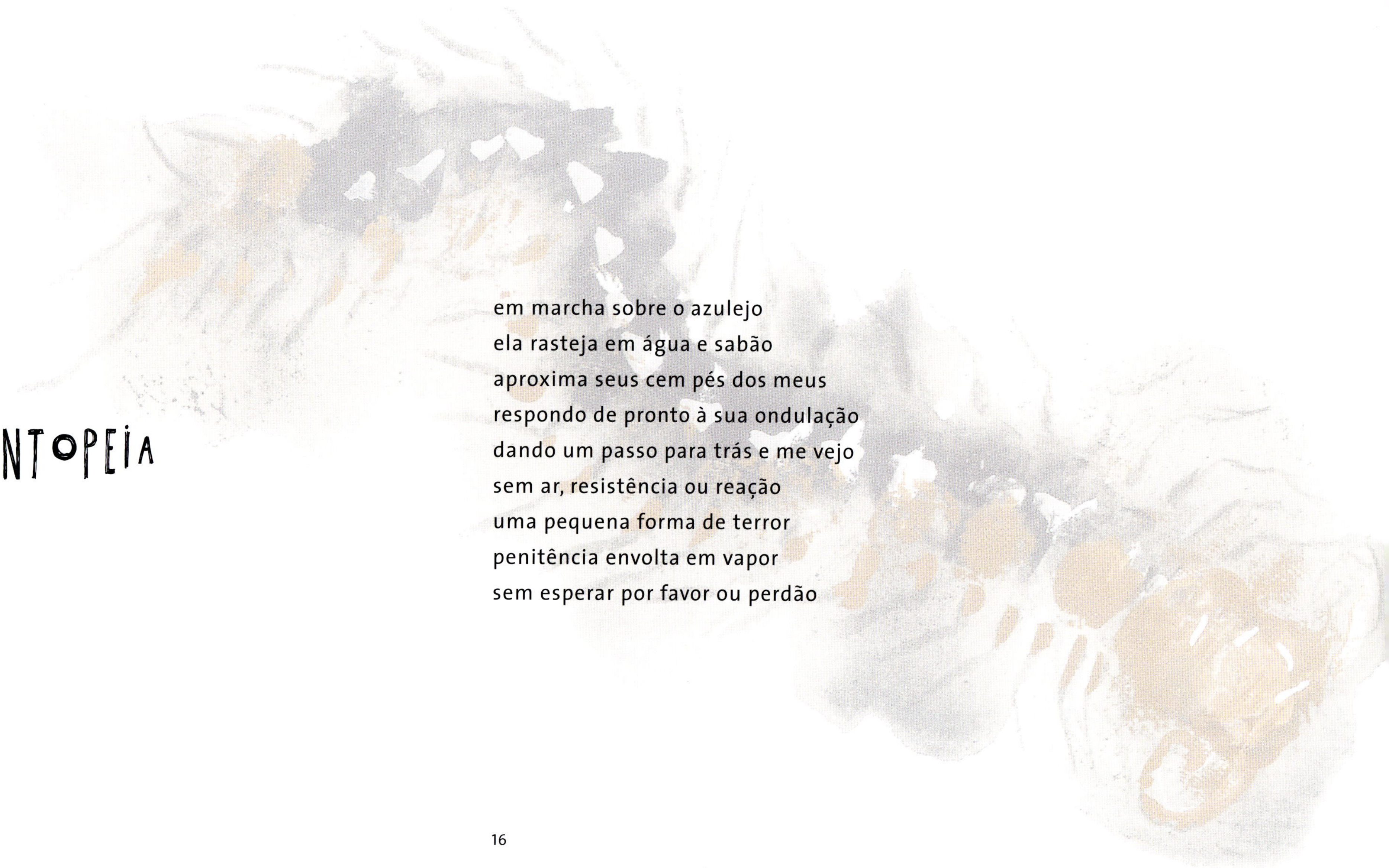

em marcha sobre o azulejo
ela rasteja em água e sabão
aproxima seus cem pés dos meus
respondo de pronto à sua ondulação
dando um passo para trás e me vejo
sem ar, resistência ou reação
uma pequena forma de terror
penitência envolta em vapor
sem esperar por favor ou perdão

ARANHA

ela mesma, um novelo
trancada em seu abdômen
a renda branca enroscada
trama o fio do mundo inteiro

sábia, ela fia com zelo
sua teia fina, intrincada
o tecido-destino do homem
de seu último sopro ao primeiro

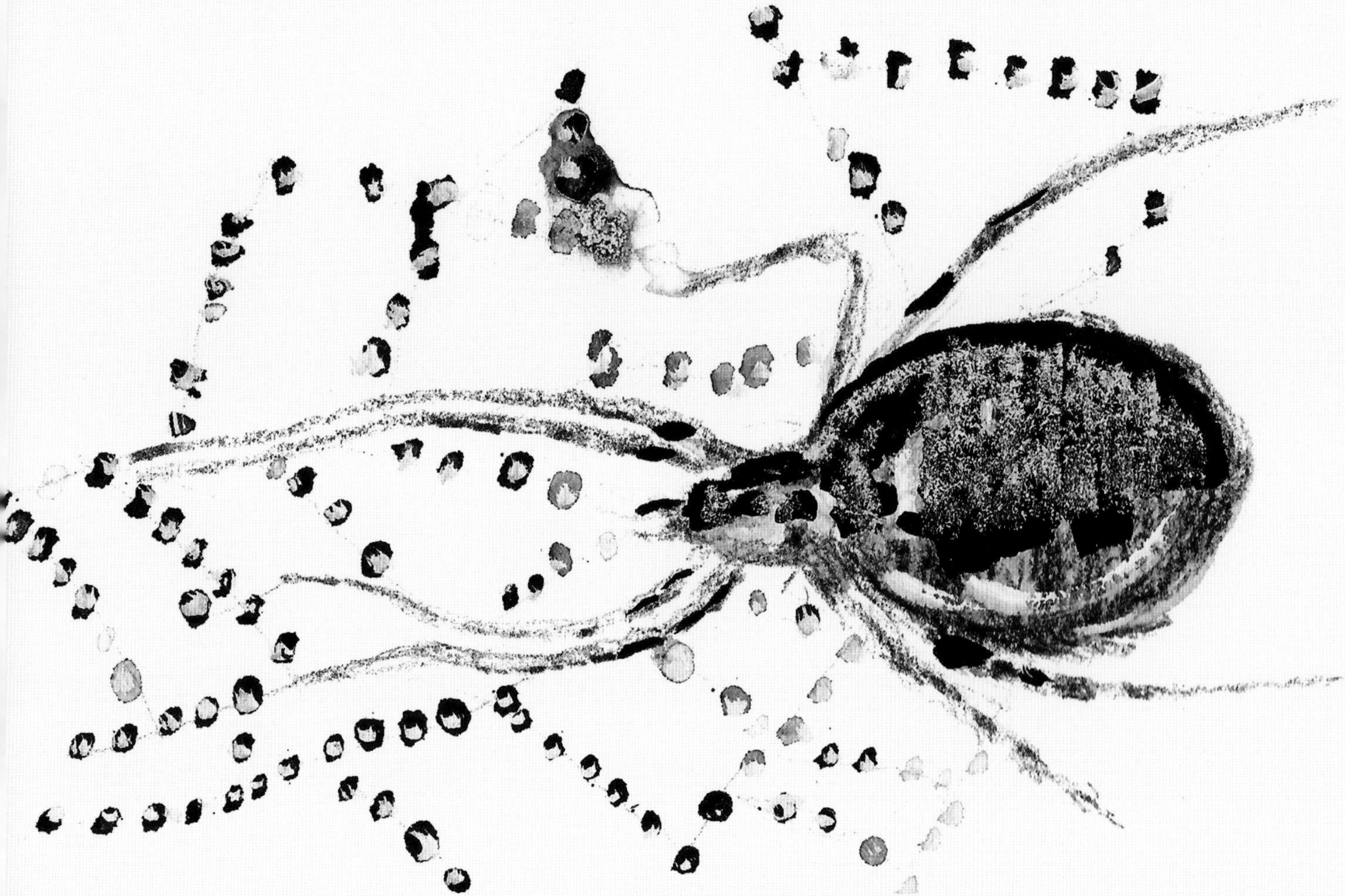

ABELHA

[doméstica]

a vida da abelha é dupla
do voo livre entre flores
formas livres, cores tantas
entre hibiscos e camélias
lantanas e astromélias
aos hexágonos exatos
da colônia na colmeia

ABELHA

[silvestre]

a abelha solitária
canta sua ária silvestre
faz seu mel de gota em gota
assim como ergue sua casa
sem colmeia ou rainha
quase esgota suas asas
sozinha sem quase zumbir

sem quase mesmo existir
segue a abelha solitária

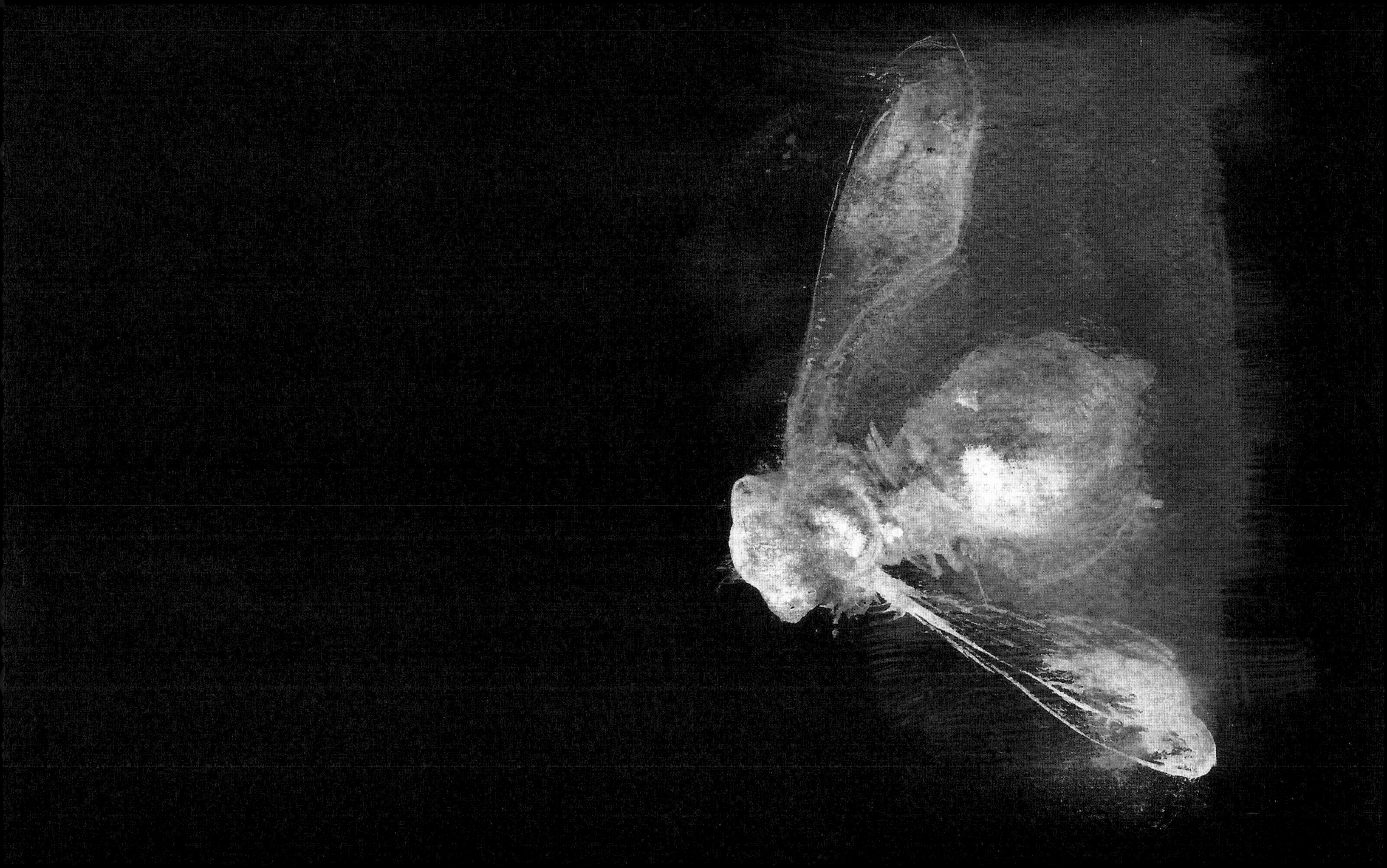

LIBÉLULA

para a bela dama do lago
(e apenas para ela)
todo voo é amplo e livre
planando leve enquanto vive
sua plena vida libélula

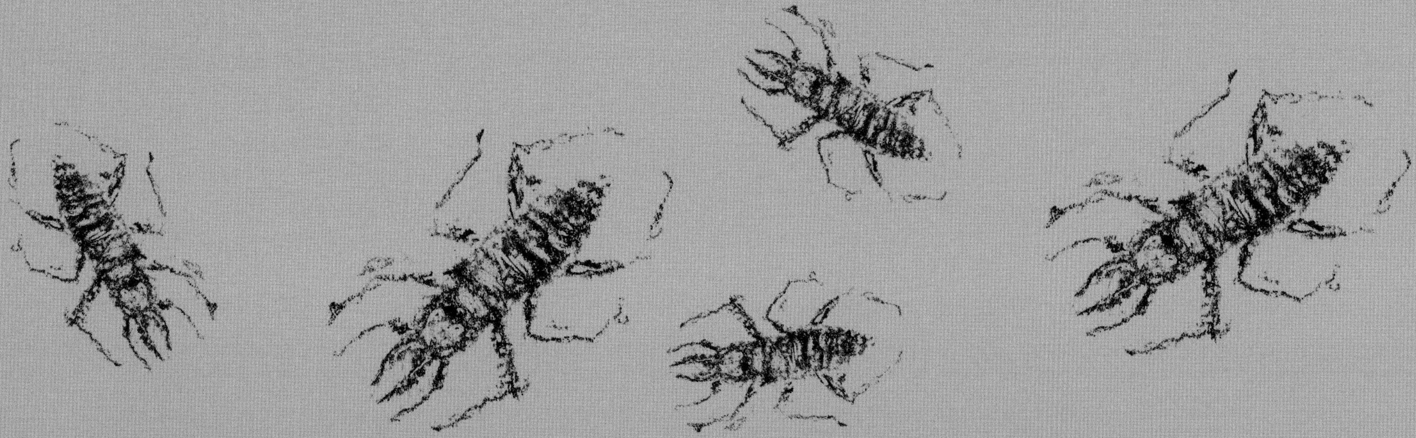

CUPIM

é estranho que um inseto
possa arruinar uma casa
no entanto, é assim

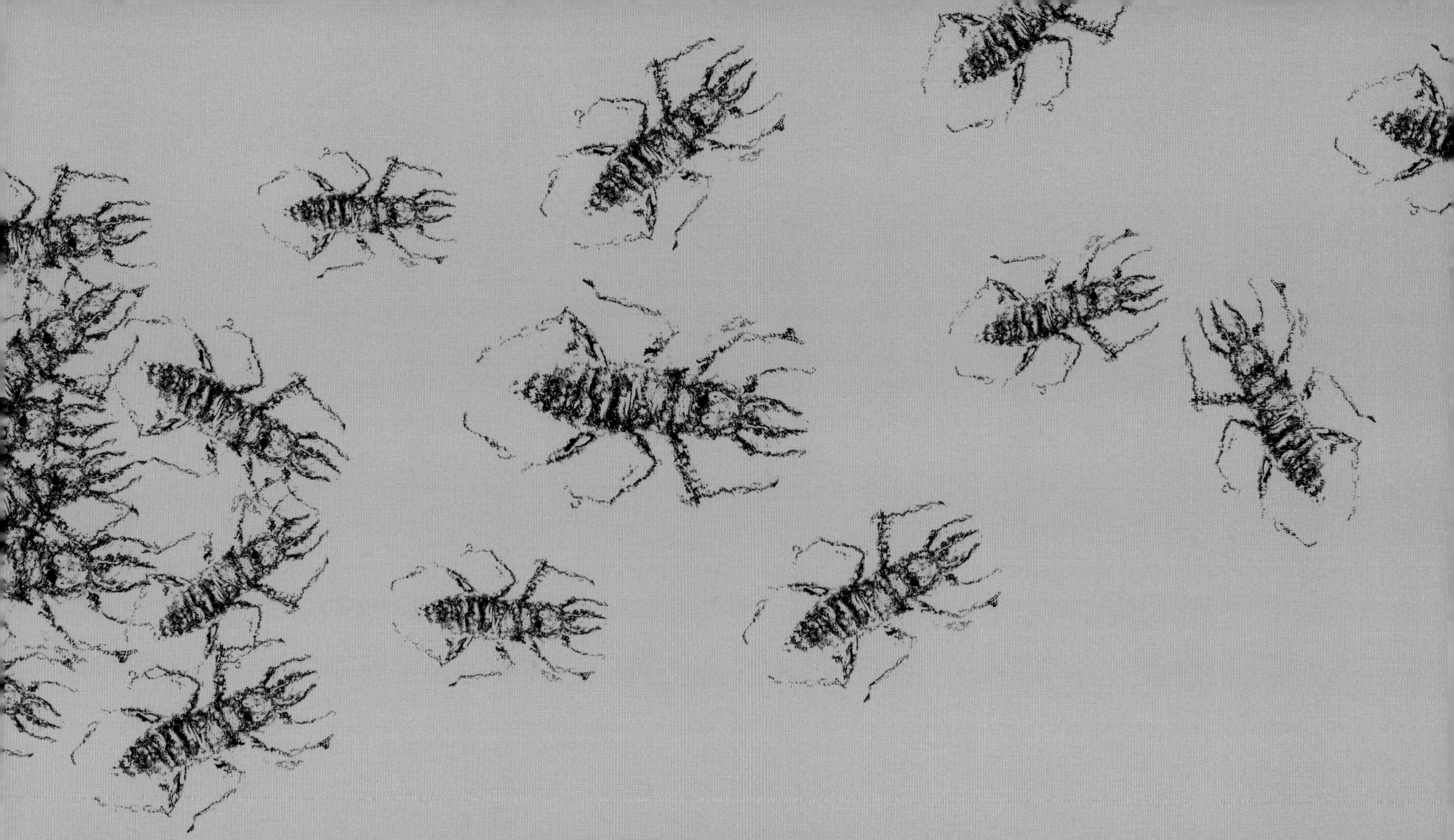

MOSCA

tudo no mundo morre, menos a mosca
que vive apenas um mês
há sessenta e cinco milhões de anos

INSTRUÇÕES PARA A ELIMINAÇÃO DE UM VESPEIRO

PARA A ELIMINAÇÃO DESTE VESPEIRO
SEM QUE RESTE VESTÍGIO ALGUM
SEM OVOS, VESPAS OU LARVAS VIVAS
DEVE-SE REUNIR, NESTA ORDEM EXATA

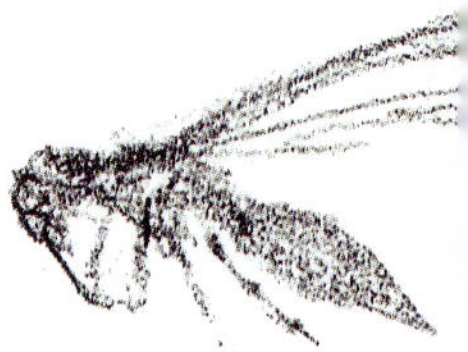

ÁLCOOL PARA ENSOPAR UM TRAPO VELHO
FÓSFORO, ISQUEIRO OU FONTE DE FOGO
ALGUMA CRUELDADE JÁ EXISTENTE

SENTE-SE SOB O VESPEIRO E ESPERE
COM RESIGNAÇÃO, TALVEZ PACIÊNCIA
PELA PRIMEIRA E FATAL FERROADA
QUE RISCARÁ O FÓSFORO POR VOCÊ

O RESTO É SÓ UMA CONSEQUÊNCIA

ESCORPIÃO

ainda somos sábios
tememos o escorpião

sabemos que ele sobrevive
como uma pequena pedra
dura e escura, quase eterna
debaixo da pele, perto dos ossos
perto da alma, quem sabe?

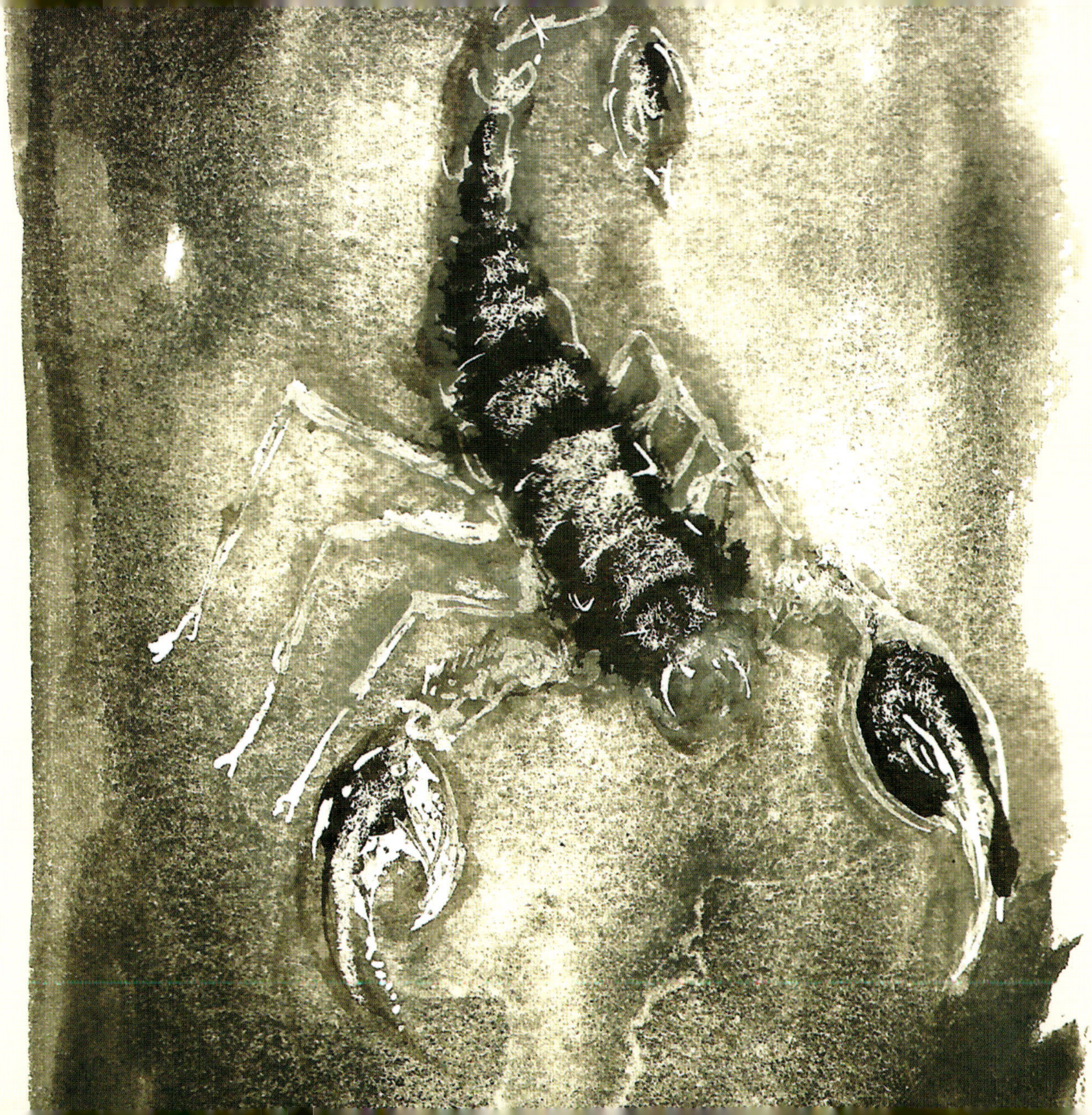

SCARABAEUS SATYRUS

se humanos fossem insetos
não tenho dúvida que seríamos
o besouro rola-esterco
arrastando eternamente
uma meticulosa esfera
moldada a partir de restos

VAGA-LUME

assombro no breu da noite
quase dormindo, encantada
vejo um inseto febre,
inseto luz, inseto fada

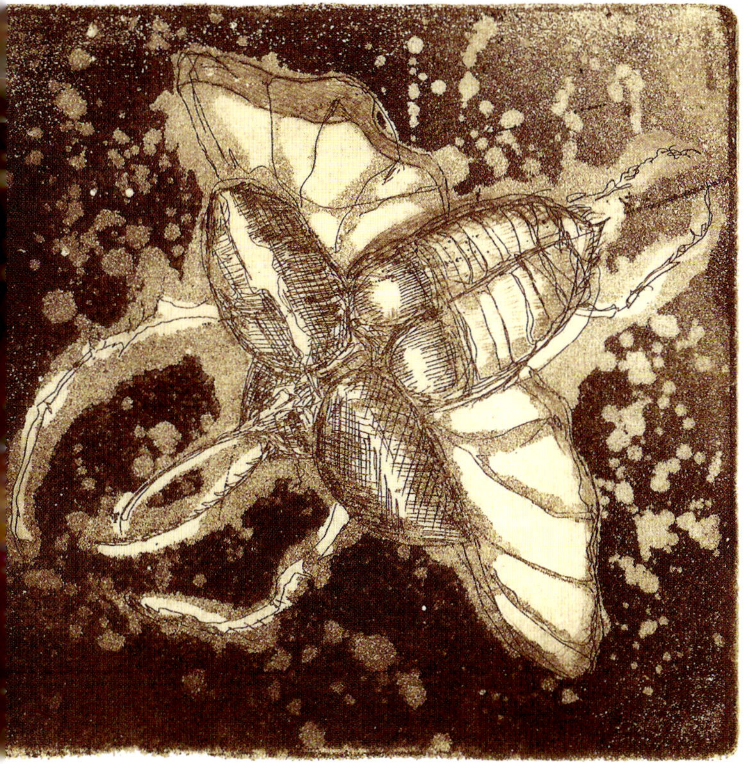

ANSIEDADE

UM ENXAME SE APROXIMA
HOJE NÃO HAVERÁ RIMA

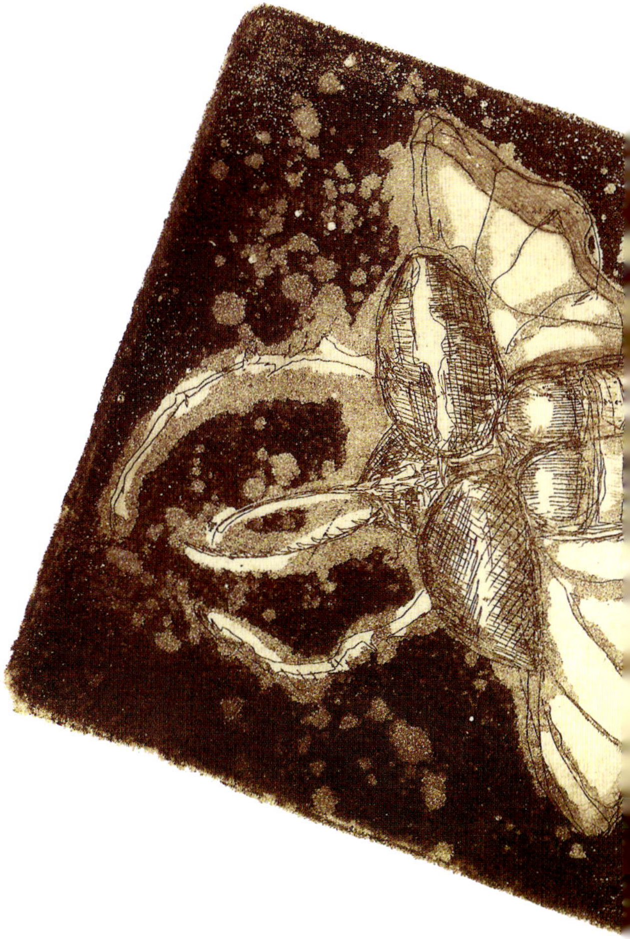

BICHO-PAU

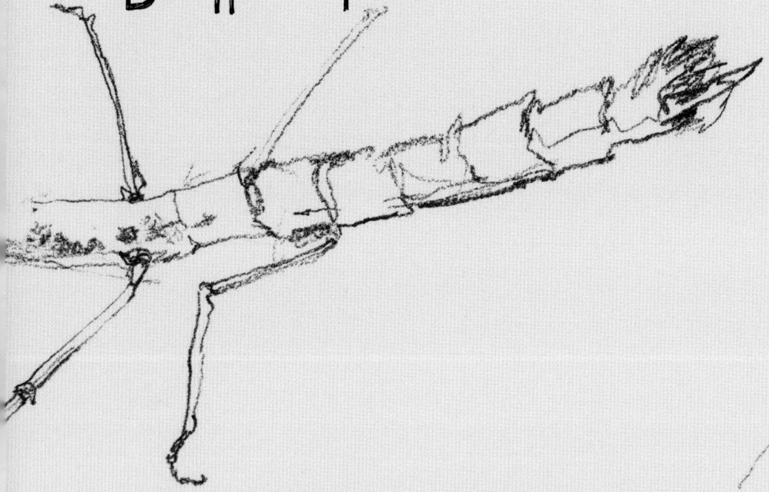

a incômoda semelhança
do corpo que é sem estar
sento e espero o dia
em que tomará meu lugar

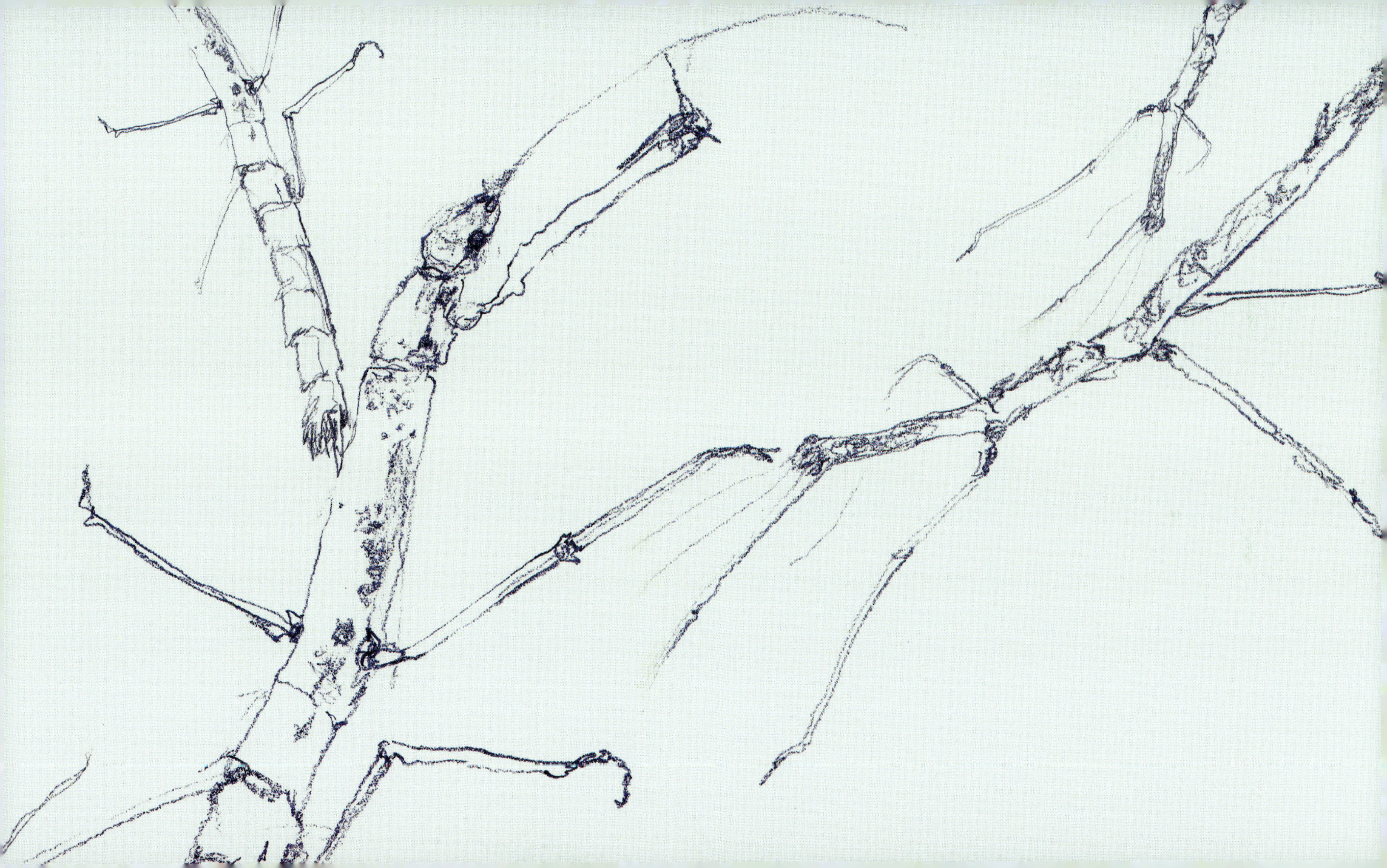

BICHO-DA-SEDA

peço perdão sincero
se te tornei dependente
menos inseto e mais gente

dou um conselho tardio
e honesto (ou assim espero)
olhe bem ao seu redor

e teça um casulo pior

Posfácio

SONIA MUHRINGER

Os artrópodes constituem um grupo muito numeroso. São milhões de espécies distribuídas pelo planeta. Em Biologia nós os estudamos sob muitas perspectivas; valorizamos seus fabulosos recursos de adaptação e o papel que desempenham nos ecossistemas. Para o senso comum, eles podem ser perigosos ou insignificantes, e alguns poucos são admirados por sua beleza ou "utilidade".

Janaina olha para essas pequenas criaturas de um ponto de vista muito particular; captura suas características, faz emergir identidades entre elas e nós, como uma tradução darwiniana poética. Seu texto e suas ilustrações expressam uma combinação de conhecimento científico e sensibilidade, revelando a pesquisadora rigorosa e a artista que ela é.

A menina curiosa, intrigada com plantas e bichos que amava desenhar, está presente nesta obra. A mãe e a bióloga celebram as *Pequenas armaduras* e a possibilidade de contemplar o mundo com um olhar mais sensível.

Biografia

JANAINA TOKITAKA

Sou bacharel em artes visuais pela Universidade de São Paulo e comecei minha carreira como escritora em 2010, quando publiquei meu primeiro álbum ilustrado, *Tem um monstro no meu jardim*. Desde então, publiquei quarenta outras obras para o público infantil e juvenil. Meus livros *Escamas* (Editora Cortez, 2014) e *Nanquim* (Editora Cortez, 2016) receberam o selo "Altamente Recomendável" pela FNLIJ – Fundação Nacional de Literatura Infanto-Juvenil; *Escamas* e *A árvore: os três caminhos* foram selecionados para representar o Brasil no catálogo da Feira Internacional de Bologna de Livros Infantojuvenis. Fui a ilustradora brasileira selecionada para o workshop BIB-Unesco 2016, da Bienal Internacional de Bratslava, na Eslováquia. Ministro cursos livres sobre literatura e ilustração produzidas para o público infantil em instituições como MIS – Museu da Imagem e do Som, ECA-USP, Escola do MAM e Escola do MASP.

O livro *Pequenas armaduras* foi composto no Estúdio Entrelinha Design com as tipografias The Sans e Tancos, impresso em papel couchê fosco 150g, em janeiro de 2020.